Alizé Siffleur
Alan P.

Zeig mir Deine Lust

Alizé Siffleur
Alan P.

Zeig mir
Deine Lust

Erotische Gedichte

Herstellung und Verlag:
BoD – Books on Demand, Norderstedt
ISBN 978-3-8370-4974-9

Sie:

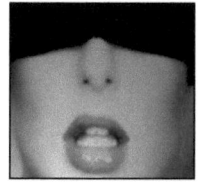

Träume ich?

Je t'aime

Gedankenflattern

Sinnlicher Genuss

Süße Lust

Zeig mir deine Lust

Wasserspiele

Tagtraum

Tanzen

Das Ding mit der Treue

Berauscht

Heißßß

Gestern

Er:

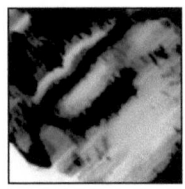

Traum

Himmlische Süße

Ich will dich

Witchcraft

Das Spiel

Traumdurchdrungen

Lass mich

Dumm gelaufen

Heut' könnt ich

Sag es mir

Wie oft

Haut an Haut

Ich will

Gib mir Meer

Rotweinküsse

Lorbeeren für ihn ;o)

Träume ich?

Hände streicheln,
umfangen meine Brüste.
Lippen knabbern,
saugen und lecken
die Knospen richten sich auf.
Finger wandern,
finden meine Pforte.
Die Zunge will kosten,
feuchte Lust schmecken.
ihr Spiel raubt mir den Verstand!
Träume ich wirklich?

Je t'aime...

Zögerliches Erwachen.
Kann dich neben mir,
an mir spüren.
Möchte mich nicht regen,
kann doch die Finger
nicht von dir lassen.

Je t'aime...

Fühle mich eigenartig,
übernächtigt,
glücklich,
gefühlssatt.
Schmecke immer noch
die vergangene Nacht.

„Café?", frage ich.
Du lächelst,
leckst Milchschaum
von meinen Lippen.

Ich bin schon wieder hungrig.
Nach dir!

Gedankenflattern

Der Morgen ist beunruhigend,
denn du hast dich bei mir eingenistet.
Gedanken kreisen,
flattern hin und her,
drehen sich nur noch um dich.

Noch liegt kühle Stille
auf diesem unbekannten Tag.
Stunden dehnen sich aus.
Sehnsuchtsvolle Erwartung
lässt mich beben.

Doch wenn die Nacht
ihr samtenes Tuch ausbreitet,
sanfter Schatten uns verbirgt,
und wir Mondlicht
in den Augen tragen,
will ich mich an dich verlieren.

Will dich atmen und kosten,
lecken und saugen.
Dich beherrschen,
brennende Spuren auf
deinen Körper malen.

Mich doch ergeben.
Dich in mir spüren,
fest und sanft zugleich.
Mich unter deiner Härte aufbäumen.

Zeit dehnt sich endlos,
und wenn du in mir zerrinnst,
so weiß ich doch,
dass es niemals enden wird.

Sinnlicher Genuss

Verführerische Köstlichkeiten
in meinem Mund.
Prickelnde Perlen
glänzen im Glas.
Dein Blick sagt mir so viel.

Ich schließe die Augen,
genieße.
Champagnerfrüchte
auf meiner Haut.
Ein feuchtes Rinnsal.
Tropfen
auf meiner Brust.

Lippen,
Zunge
saugen,
lecken
den perlenden Schaum.
Wandern weiter,
entdecken Champus
und feuchte Süße.

Dein Kuss
zärtlich und fordernd.
Dann spüre ich
den sanften Druck
deiner Schenkel.

Öffne mich dir ganz.

Süße Lust

Ich habe einen Plan:
Heute werd' ich
dich vernaschen.

Ein Sahneherz male ich
auf deine Brust.

Deinen Bauchnabel
schmücke ich
mit einer cremig süßen Sonne.

Und deine Zuckerstange
umhülle ich mit Honig.

Genießerisch
und voller Wonne
lecke und schlecke ich.
Trinke deine süße Lust.

Möchtest du?

„Möchtest du?“
„Ja, hinterher?“

Ich sehe Begierde in deinen Augen.
Spüre wohltuendes Prickeln,
bin feucht durch deine Blicke.

Du weißt es genau,
lässt dir Zeit.
Finger tasten zärtlich,
necken, streicheln
über Brüste, Hüften,
erkunden mit kundiger Hand.

Dein Mund folgt ihnen
zeichnet eine heiße Spur.
Eine zarte Berührung,
ich stöhne auf,
denn deine Lippen
massieren meine Perle.

„Komm zu mir!"
unerträgliches Pulsieren,
deine pralle Härte in meiner Hand.
Will dich endlich ganz spüren.
Eins mit dir sein.
In bebender Lust ertrinken.

„Möchtest du?"
„Ja, bitte, mit Sahne."

Du stehst auf,
kommst mit dem Kuchen.
Ich schnurre, schlecke, lecke.
Spüre deine Begierde ...

... und mir wird schon wieder heißßß.

Vorspiel

„Mein Schatz, ich habe große Lust...",
das sagt er und ich hab's gewusst.
D'rum will ich ihn jetzt endlos küssen
und uns den Nachmittag versüßen.

Leichtfüßig tänzele ich zu ihm,
mach's mir auf seinem Schoß
bequem.
Bereit, die Lust mit ihm zu leben
und in den höchsten Höhen zu
schweben.

Er lächelt lieb, meint: „Das ist schön,
wir wollen in die Küche gehen.
Dort ist der Grund für mein
Begehren,
ich möcht' ein Stück davon
verzehren."

Ich japse überrascht nach Luft,
die Lust, sie ist im Nu verpufft.
Doch folg' ich ohne Widersprüche
dem Liebsten in die kühle Küche.

Da steht, was er jetzt heiß begehrt,
wovon er sich so gern ernährt.
Die Sahnetorte macht ihn an!
Herrje, also war das sein Plan!

Er grinst verschmitzt und küsst mich
gleich,
schon werden mir die Knie weich,
und plötzlich hab' ich wieder Lust,
vergessen ist der Tortenfrust.

Wir naschen Torte, schlecken Sahne.
Ich schau ihm in die Augen, ahne,
dass er den Kuchen gleich vergisst,
und dieses nur das Vorspiel ist.

Quicky

„Ich will dich, jetzt gleich!"
Deine Stimme klingt heiser,
macht mich an.

Ich schließe die Augen,
konzentriere mich ganz darauf.
Lustvolle Bilder lassen mich
erschauern.

„Dann komm schnell her."
Ich lege den Telefonhörer auf,
bin bereit für dich.

Wenig später,
dein Schlüssel im Türschloss.
Ich komme auf dich zu,
habe keine Zeit für Spielereien,
so wie du.

Deine Hand unter meinem Rock
spürt nasse Blöße.
Du drückst mich gegen die Wand.
Deine Hände, sie halten mich.

Ich heiße dich willkommen,
erwidere dein Begehren.
Sauge deine Zunge in meinen Mund,
komme dir ungestüm entgegen.

Will von dir genommen werden,
dich in mir fühlen.
Wir finden unseren Rhythmus,
dann gibt es nur noch
dich und mich.

Viel später
Du grinst frech:
„War das jetzt ein Quicky?"

Ich muss lachen.
„Ich weiß nicht -
sollen wir's wiederholen,
um das festzustellen?"

Nur noch spüren

Will nichts sehen, nur noch spüren,
wie deine Hände mich berühren.
Binde mich, will mich ergeben,
einzig fühlen, lustvoll beben.

Rosenduft umfängt mich lockend.
Blüten streicheln heiße Haut,
reizen samtig meine Knospen,
Lust so neu, doch wohl vertraut.

Ewig du lenkst meine Sinne,
zeichnest eine sanfte Spur.
Winde meinen ganzen Körper,
denn so zart ist die Tortur.

Öl rinnt warm aus deinen Händen,
weckt unerträgliches Verlangen.
möcht' dich spüren, tief in mir
fühl' mich ganz von dir gefangen.

Will mich willenlos ergeben,
deine Finger tauchen ein.
Noch treibst du dein Spiel mit mir,
kostest meinen Honigwein.

Habe mich an dich verloren
spüre, fühle, liebe dich.
Fliegst mit mir bis zu den Sternen.
Die eine Nacht ist nur für mich.

Erwartung

Deine Hände
legen sich
auf meine Schultern.
Bestimmt, befehlend.

Ich gehorche,
knie am Boden,
zitternd vor Lust,
wissend was nun passiert.

Mit heißem Blick
musterst du mich,
meine Nacktheit,
meine Wehrlosigkeit.

Du nickst anerkennend.
Streichst mir sanft
über die Wange.
Kostest ihn aus,
den Moment der Erwartung.

Ich gehöre dir

Bitte, sag's, was soll ich tun,
wonach steht dir jetzt der Sinn?
Sag mir nur, wie du mich willst,
weil ich von dir gefangen bin.

Zeig mir einfach was du magst,
Ich frage nicht nach dem Warum.
Es wird alles möglich sein.
Heut' Nacht bin ich dein Eigentum.

Du allein hast die Kontrolle,
tu mit mir, was dir beliebt.
Küss mich sanft,
doch nimm mich hart,
weil es jetzt keine Grenzen gibt.

Meine Brust in deinen Händen,
Knospen sprießen dir entgegen.
Deine Lippen kosen, saugen,
immer weiter mich erregen.

Ich vertrau' dir, lass mich fallen,
genieße unser beider Beben,
vergehe vor liebesfeuchter Lust,
will zusammen mit dir schweben.

Die Körper zueinander finden,
nur noch fühlen, nicht mehr denken.
Heiße Härte füllt mich aus,
will mir reine Wonne schenken.

Hungrig komm ich dir entgegen,
wir wiegen uns im gleichen Takt.
Unerträglich wird das Beben,
fühle mich bei dir ganz nackt.

Zitternd, liebevoll umschlungen,
berauscht, verzückt, erfüllt von dir,
treib' ich dem Höhepunkt entgegen
und weiß doch, du gehörst ganz mir.

Gefesselt

Die Augen geschlossen,
die Hände gebunden.
Heut' gehöre ich dir,
für die heimlichen Stunden.

Gefangen, gefesselt,
ergeben der Liebe
devot und willig,
im Spiel unserer Triebe.

Vertraue dir ganz,
Lust und Macht ist das Ziel.
Geb' mich hin ohne Scham,
diesem sinnlichen Spiel.

Bin dir unendlich nah,
fühl' mich schutzlos und nackt,
hemmungslos ist die Lust,
wenn das Fiber uns packt.

Das bin nicht ich ...

Das bin nicht ich,
das sieht nur so aus.
Zu viel Mascara,
knallrote Lippen.
Spiele Femme fatal.

Das bist nicht du,
das sieht nur so aus.
Zu viel Whisky,
Zigarettenqualm.
Spielst den Macho.

Das sind nicht wir,
sind es nie gewesen.
Wann verloren wir die Unschuld?
Wann verloren wir uns?
Was ist nur geschehen?

Zeig mir deine Lust

„Zeig mir deine Lust",
sagst du, lächelst sanft.

Ich gehorche dir gern.
Streiche über zarte Hügel,
ziehe Kreise um die Spitzen,
bis die Knospen sich aufrichten.

Du lehnst dich zurück,
nippst an deinem Rotwein,
genießt schweigend.
Ich lasse meine Hände wandern,
traumverloren, versunken
in das Spiel meines Körpers.

Deine Augen sind halb geschlossen,
doch ich spüre deine Erregung.
Streiche über meine Hüften,
wandere zur Mitte,
finde schließlich die Quelle
meiner Lust
und kann die süße Qual
kaum aushalten.

„Komm her“,
sagst du mit rauer Stimme.
Doch ich habe keine Zeit mehr,
will in der kleinen Ewigkeit
versinken.
Finger streichen, massieren,
finden den richtigen Takt.
Endlich...

„Zeig mir deine Lust“,
sage ich und lächele dich an.

Wasserspiele

Kerzenlicht und Rosenduft,
Musik erklingt ganz leise.
Erotik liegt heut' in der Luft,
erregt mich auf besondere Weise.

Badewasser plätschert leis',
sanftes gleiten, wohlig strecken,
Öl bringt einen goldenen Schimmer
in das warme Wasserbecken.

Handtuch gleitet leicht zu Boden,
deine Augen streicheln mich.
Wandern, lassen mich erschauern,
sagen: „Ich hab' Lust auf dich."

Warmes Wasser lässt mich schweben,
setze mich auf deinen Schoß.
Wiege mich auf deinen Lenden,
spür' dich intensiv und groß.

Körper heißen sich willkommen.
Stöhnen voller Lust und Gier.
Nasses Gleiten, sanftes Kreisen
und gemeinsam kommen wir.

Tagtraum

Ich träume mich ganz nah zu dir,
fast ist mir, als bist du hier.
Spüre deine sanfte Hand,
ihr Streicheln ist mir sehr bekannt.

Zunge schmeckt so wohl vertraut,
brennt mir Spuren auf die Haut.
Feuchte Wärme macht sich breit,
bin schon lang für dich bereit.

Doch du hat anderes im Sinn,
mein Mund,
du streckst dich
zu mir hin.
Zunge kreist, schmeckt die Lust,
bis du entfesselt stöhnen musst.

Deine Hand in meinem Haar,
was du willst, machst du mir klar.
Sanft, doch fordernd zeigst du's mir,
bin ja selbst ganz voller Gier.

Will dich ganz und gar besitzen,
sollst stöhnen, keuchen,
lustvoll schwitzen.
Pralle Härte lässt mich beben.
Will dir die Erfüllung geben.

Doch ist mir dabei ganz gewiss,
dass dies noch nicht das Ende ist.
Denn du wirst mich gleich
verwöhnen,
will unter deiner Zunge stöhnen...

Tanzen

Will heut' tanzen für dich,
mit lockeren Schleiern
sanft die Hüften schwingen.
Will innehalten,
erhitzt,
in Erwartung nachtzarter Winde.
Will atemlos lauschen,
deinen Atem spüren
auf nackter Haut.
Will mit Lippen
feuchter Süße
kosten von dir,
dein Verlangen erspüren.
Will dich
Engumschlungen lieben,
in sanfter Umarmung.
Mich lustvoll
auf deinem Schoß wiegen,
Gleichklang finden,
erbeben.

Das Ding mit der Treue ...

Ich war mir so verdammt sicher!
Hatte mein Herz gut verschlossen,
verwahrt
in einem einbruchsicheren Tresor
Hatte alle meine Nächte verplant.

Und nun bist du bei mir,
küsst die Zweifel mir weg.
Das Vorher zählt nicht,
das Danach interessiert nicht.
Alles ist heute egal

Warum sich nicht fallen lassen?
Für den einen Moment
nur fühlen, spüren, leben.
Sich dem Augenblick ergeben.

Zieh die Vorhänge zu,
lösche das Licht.
Lass uns im Heute leben

... und das Ding mit der Treue
hole ich gelegentlich mal nach ...

Berauscht

Heute Nacht war mir,
als lägst du neben mir,
fremd und doch vertraut
dein Duft
und dein Geschmack.

Dein Mund strich leicht
über meine Lippen,
deine Zunge wanderte,
liebkoste Hügel,
leckte Honig aus der Pforte,
warm und feucht
öffnete sie sich dir.

Doch ich war noch nicht bereit,
wollte auskosten
dich schmecken.
Mein Mund
nahm deine Härte auf.
Die Zunge
zog prickelnde Kreise,
neckte, ließ dich erschauern.

Dein Stöhnen war rau,
tief aus der Kehle.

Du hieltst es nicht mehr aus,
nahmst mich rücksichtslos,
so wie ich es wollte.
Ich bog den Rücken,
wollte näher zu dir.

Tiefe Wonne jeder Stoß.
Ich bin wie berauscht von dir
und gemeinsam kommen wir.

Heißßß

Die Sauna ist heut' siedend heiß.
Ich räkle, recke mich und weiß,
dass neben mir der tolle Mann
den Blick nicht von mir wenden kann.

Hellblond und braungebrannt ist er
und was ich seh', gefällt mir sehr.
Die Muskeln an den Oberschenkeln
lassen an Achilles denken.

Die Härchen auf der breiten Brust
wecken meine geile Lust.
Will ihn überall berühren
seine pralle Härte spüren.

Schweiß von heißer Haut auflecken,
seine Lust für mich erwecken.
Unmerklich rückt er näher her,
cool zu bleiben fällt mir schwer.

Lippen lächeln, Augen locken
und mein Atem kommt ins Stocken.
Mir ist unerträglich heiß,
bin ganz nass, nicht nur von Schweiß.

Seine Lippen küssen mich,
Zungen treffen sich und ich
fühle alles was ich will,
schmecke, sauge, lecke ihn.

Er hebt mich auf seinen Schoß,
sanfte Härte jeder Stoß.
Will ihn ganz und gar erspüren,
mich mit ihm im Rausch verlieren.

Beben, stöhnen, tief in mir
und dann explodieren wir.
Atem holen, sanftes Küssen.
Will nicht seinen Namen wissen.

Verleg'nes Lächeln:
„Das war schön,
doch möchte' ich dich nicht
wiedersehen?"

Gestern Nacht

Gestern Nacht
streichelte ich
im Licht
des Vollmondes
schlafwarme Haut.
Ich wünschte mir
es wäre deine Hand,
die ich spürte,
nicht meine.

Heute Morgen
kosteten,
probierten,
liebkosten
wir einander
und ich spürte dich
überall,
fühlte mich
schwerelos.

Kommst du morgen wieder?

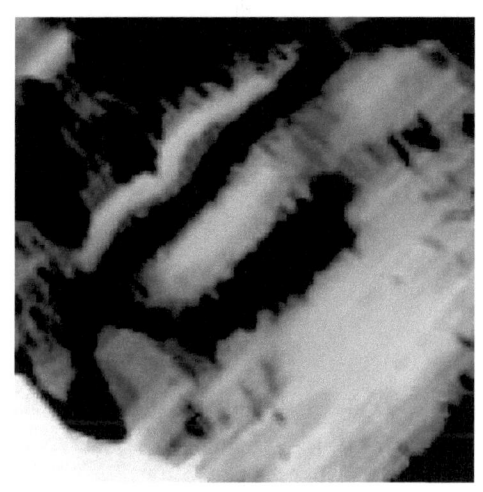

Ein Traum?

Hände streicheln
Wie im Traum
Finger wandern
Sind am Ziel
Treiben ein mutwilliges Spiel

Zunge kostet
Pralle Lust
Lippen knabbern
Saugen, lecken,
Wollen das Verlangen schmecken

Himmlische Süße

Langsam tauche ich auf.
Fühle, rieche dich an mir.
Also doch kein Traum!
Du lächelst, strahlst.
Verdammt!
Wie kannst du so früh am Morgen
so unverschämt gut aussehen?
Hat das ein ganz klein wenig
mit mir zu tun, My Love?
„Angeber", sagst du
und über die Schulter
mit breitem Lächeln:
„Willst du Kaffee?"
„Yep", ich schaue dir zu,
bin gebannt,
fasziniert von deinen kleine Gesten.

Später schmecke ich bitteren Kaffee
und himmlische Süße
von deinen Lippen.
Ich glaube fast,
das möchte ich
an jedem Tag meines Lebens.

Ich will dich

Will dich kosten und dich schmecken
Dann von deinem Honig schlecken
Meine Zunge sacht bewegen
Deine Knospe sanft erregen

Will dich packen und dich nehmen
Mich nicht meiner Lüste schämen
Will sanft und fest in dich eindringen
Heiße Haut zum Glühen bringen

Voller Lust sollst du dich winden
Wenn wir unseren Gleichtakt finden
Um gemeinsam zu erleben
Wie vor Erfüllung unsere Körper
beben

Schließlich will ich dich sanft
streicheln
Dich umarmen und umschmeicheln
Bis du in meinem Arm
einschlummerst
Dich nicht um das Morgen kümmerst

Witchcraft

Sie kennt es
Dein heimliches Verlangen
Sie weiß um deine Träume
Deine leidenschaftliche Sinnlichkeit

Sie lässt dich erschauern
Brennt magische Kreise
Auf deine Haut
Mit blutroten Fingernägeln
Verleiht sie
deinen Sehnsüchten
Leben

Schau in ihre Kristallkugel
Dort siehst du Zügellosigkeit
Unendliche Begierde
Und Erlösung

Sie kenne dich
Denn sie ist
Die Hexe deiner Lust

Das Spiel

Ich flüstere deinen Namen
Zärtlich, voller Lust
Du fühlst meine Hände
Umfangen deine Brust

Augen hinter Seide
Spürst Eis auf deiner Haut
Fühlst kühle feuchte Nässe
Sie ist dir wohl vertraut

Die Arme sind gebunden
Gefangen in dem Spiel
Ich folge feuchten Spuren
Komm endlich an mein Ziel

Die Zunge schmeckt und kostet
Leckt deinen Honigwein
Du windest dich vor schierer Lust
Lädst mich ganz zu dir ein.

Traumdurchdrungen

Die Nacht umhüllt sie
Traumdurchdrungen
Sein Arm hält sie
Besitzergreifend, drängend

Atem auf ihrer Haut
Liebkost sie
Streichelnde Hände
Berühren, verführen

Kundige Lippen küssen
Versprechen süße Qual
Erkunden das Zentrum der Lust
Sie windet sich
Kommt ihm entgegen
Findet endlich Erlösung

Sie öffnet die Augen
Fahles Morgenlicht
Um sie herum

Seine lächelnden Augen
Sein Gesicht
Verschlafen und sanft
War alles ein Traum?

Dann sein Kuss
Zärtlich erst
Später fordernd
Sie windet sich
Kommt ihm entgegen
...

Lass mich

Lass mich hören, was du fühlst
Wie du mit deinem Körper spielst
Will mich an deiner Stimme laben
So an deiner Lust teilhaben

Lass mich hören, was du spürst
Wie du deine Hände führst
Wie du stöhnst, wie du dich windest
Und dann die Erfüllung findest.

Ich will alles, will dich ganz
Liebe auch auf die Distanz
D'rum streichle dich,
Lass mich's genießen
Dich in Gedanken in die Arme
schließen

Dumm gelaufen

Vorspiel:

Ich weiß genau,
warum du
dicht bei mir liegst,
dich eng an mich schmiegst!

Ich weiß genau,
warum du
unter meiner Decke steckst,
zärtlich meine Lippen leckst!

ich weiß genau,
warum du
mir sanft ins Ohrläppchen beißt,
deine Hand meinen Rücken bereist!

Zwischendurch:

Deine Fingernägel treiben ihr Spiel,
doch dieses wird mir heut' zu viel.
Es hat gar nichts mit dir zu tun.

Ein müder Mann
muss auch mal ruh'n.
Heut Abend will ich lieber schlafen,
nun gib mir einen letzten Kuss,
denn jetzt mach ich die Augen zu,
drum lass mich bitte heut in Ruh.

Nachspiel:

Du schmollst,
doch bald schon schläfst du fest
und ich bin wach, es kribbelt nun!
Oh, nein, was kann ich jetzt bloß tun?

Im Schlaf rückst du noch näher her,
mich zu beherrschen fällt mir schwer.
Mit einem Male wird mir klar,
wie dumm der müde Mann grad war.

Jetzt, wo du schläfst, da krieg ich Lust,
nun lieg ich hier, bin voller Frust.
Ich streichle dich ganz zart und sacht,
du bist so halbwegs aufgewacht.

Du murmelst: nur ein letzter Kuss
und danach ist für mich heut Schluss,
ich habe schon die Augen zu,
drum lass mich bitte heut in Ruh.

Moral:

Und die Moral von der Geschicht':
wenn sie gern will und du willst nicht,
dann tue ihr die Liebe an,
danach bist du erst müde, Mann!

Rotweinküsse

Heut' schleiche ich mich in dein Glas
Gefüllt mit vollmundigem Rotwein
Schluck für Schluck schwelge ich
In deinen genießerischen Küssen.

Heut könnt' ich

Heut' könnt ich mit dir
Die Kissen zerwühlen
Vor Wollust vergehen
Dich Schauder fühlen

Heut' würde ich gern
Deinen Honigwein trinken
Dann trunken vor Lust
Ganz in dir versinken

Heut' möcht' ich dich fühlen
Dein Schaudern und beben
Zusammen mit dir
Die Erfüllung erleben

Heut' sollst du
Vor Leidenschaft schier explodieren
Ganz nackt sein und mit mir
Die Beherrschung verlieren

Dann will ich dich streicheln
Sehr sanft und ganz sacht
Dem Herzschlag nur lauschen
Schlaft gut heute Nacht

Sag es mir

Sag es mir
Was willst du
Wie willst du es
Was kann ich tun für dich
Du übernimmst die Kontrolle
Über mich
Über uns
Lass mich dich verwöhnen
Genieße es
Lass dich fallen.
Ich nehme mir alle Zeit der Welt
Ich küsse dich
So lange
So heiß
Überall
Bis du mir sagst
Dass du mehr willst
Bis ich deine Sehnsucht spüre
Dein Verlangen
Fühle, spüre mich
Es wird erst enden
Wenn du es willst.

Wie oft

Wie oft
Habe ich dich schon berührt
Dich im Dunkel der Nacht
Heiß und lustvoll verführt

Wie oft
Sind wir in Ekstase versunken
Haben den Becher der Lust
Bis zur Neige getrunken

‚Wie oft'
Das reicht nicht, ich will alles von dir
Deine sinnliche Liebe
Dein Verlangen, die Gier

Ich will mich für immer
An dich nur verlieren
Und in samtener Nacht
Unsere Lust zelebrieren

Haut an Haut

Kann dich spüren
Haut an Haut

Kann dich schmecken
Mund an Mund

Kann dich hören
Keuchen und stöhnen

Kann sie riechen
Die Düfte unserer Lust

Kann dich fühlen
An mir, in dir

Gemeinsam
Erbeben wir,
Verströmen wir uns

Ich will

Ich will dich
Lieben und halten

Ich will dich
Fassungslos vor Begierde

Ich will
Das Glühen deiner Haut spüren

Will dich
Schmecken
Fühlen
Erleben

Ich will
Immer nur
DICH

Gib mir Meer

Die laue Nacht
Ist sternenklar
Wind streichelt zärtlich
Über heiße Haut

Wir sinken
In den warmen Sand
Unbeholfene Finger
Öffnen Knöpfe
Viel zu viel Stoff
Zwischen uns

Endlich
Nackte Haut spüren
Lippen schmecken Salz
Ziehen lustvoll
Feuchte Spuren

Die Zunge will kosten
Will lecken und saugen
Finger spielen
Tasten pure Lust

Will dich endlich
Ganz spüren
Von dir umschlossen sein
Lustvolles Stöhnen
Pulsierendes Zittern

Sanfte Wellen
Umspülen uns
Gemeinsam
Versinken wir

Ertrinken
In unserer Wollust.

Lorbeeren für ihn ;o)

Sein Streicheln mit sehr zarter Hand
Beginnt am Schenkel, wie galant
Ein leichtes Kratzen, aufwärts dann
Dass sie sich kaum beherrschen kann
Wenn seine Finger sie verwöhnen
Kann sie allein nur lustvoll stöhnen

Die Lippen, Zähne, Zunge sind
Sehr kreativ, wie sie es find'
Sie knabbern, lutschen, saugen,
lecken
Und wollen ihren Honig schlecken
Ihr Dreieck zieht ihm magisch an
Dort zeigt er sich als ganzer Mann

Der anfangs oft sehr ruhige Ritt
Wird schneller, denn sie reitet mit
Der Endspurt schließlich ist rasant
Das Resultat sehr wohl bekannt
Der Lorbeerkranz ist ihm gewiss
Und es gibt keinen Kompromiss

...

Alizé & Alan . . .

. . . begegneten sich vor 2001 zum ersten Mal.

Schnell war klar, dass diese beiden zusammengehören. Doch was einfach scheint, ist zuweilen schwierig.

Beide waren gebunden, mussten sich von ihren Partnern lösen, wobei es eine Menge Hindernisse zu überwinden gab. Hinzu kam, dass Alan sich aus beruflichen Gründen oft im Ausland aufhielt.

Es folgte eine lange und sehnsuchtsvoll Zeit, geprägt von Abschieden und Wiedersehen. Sie brachte einen regen Brief-, bzw. Gedichtwechsel mit sich.

So ist dieser Gedichtband und auch das Buch

„Wenn ich an dich denke"

entstanden.

Heute ist das Paar glücklich verheiratet und das Schreiben ist für beide zu einer Passion geworden.

Leseprobe:

Alizè und Alan

Wenn ich an Dich denke

Gedichte über die Liebe und andere Bagatellen

Für deine Liebe würd' ich

Für deine Liebe würd' ich,
verlangtest du's von mir
honorig, ziemlich würdig,
von ernsthafter Manier.

Aus Liebe würd' ich bieder,
macht' mir die Locken glatt,
verbrenn mein Spitzenmieder,
trüg' Baumwollripp anstatt.

Ich würde für deine Liebe
Der reinste Engel sein,
sehr sanft und immer folgsam
bar jeder Teufeleien.

Sollt' mich der Hafer stechen,
so nähm' ich Baldrian,
macht eine Yoga Übung,
schaut' mir nen Tierfilm an.

Ach Quatsch, was soll das werden?
Das schaffe ich doch nie!
Kann mich nicht so verbiegen
Und wüsste auch nicht wie.

Lass Locken weiter kringeln,
das Mieder bleibt im Schrank
die Sache mit dem Engel
vergess' ich (Gott sei Dank).

Jedoch für deine Liebe
Will ich authentisch sein.
Und willst du mich so haben,
lass ich mich auf dich ein.

Alize

Immer nur Du

Ich dachte
ich höre deine Stimme
im Murmeln des Wassers
Ich glaubte
ich vernehme deine Schritte
im Platschen der Wellen
Ich meinte
ich schmecke deinen Duft
in Gischt geschwängerter Luft
Ich erwartete
deine Berührung zu spüren
im sanften Streicheln des Windes
Ich vermeinte
dein Bild zu sehen
auf spiegelglatter See

So bist du
Ein Teil von mir
begleitest mich
Wind und Wellen
erzählen immer nur
von dir
Alan

...da begann mein Herz zu wispern

Als ich gestern Nacht
die Dunkelheit atmete
und die Stille erlauschte,
da begann mein Herz zu wispern
und zu flüstern.
Es erzählte von dir:
Von deinen Augen
wie sie lächeln
und es zum Strahlen bringen.
Von deinen Händen,
die es wärmen
und in Liebe hüllen.
Von Deinen Lippen,
die es
mit Küssen überschütten.
Da konnte ich mein Herz nicht mehr
festhalten.
Es erhob sich
und schwebte sanft zu Dir

Alize

Du bist

Du bist mein Ruhepunkt
Mein Lotse
Bist Kompass mir
Und Rettungsboot
Bist Leuchtturm
Wind in meinen Segeln
Mein Horizont im Abendrot

Verbiegen wir die Längengrade
Und legen an in fremdem Land
Entdecken miteinander Welten
Und ruhen aus am Palmenstrand

Ein jeder Tag bringt Abenteuer
Ich bin bei dir, weil ich es will
Erlebe kostbare Momente
Und wollt' die Zeit, sie stände still

Es gibt so manche Turbulenzen
Wir tauchen ganz ins Leben ein
Ich folgte dir durch alle Wetter
Und will für immer bei dir sein

Alan